AF233433

# L'AVENUE

## DES

# SOUPIRS

Vaudeville en un acte

## DE M. ÉMILE ABRAHAM

REPRÉSENTÉ

Pour la première fois, à Paris, sur le théâtre des Folies-Dramatiques
le 29 mars 1866

—

### PRIX : 60 CENTIMES

## PARIS

## LIBRAIRIE DE J. BARBRÉ, ÉDITEUR

12, BOULEVARD SAINT-MARTIN, 12

—

1866

Tous droits réservés

YTh
1526

# L'AVENUE

## DES

# SOUPIRS

Vaudeville en un acte

## DE M. ÉMILE ABRAHAM

REPRÉSENTÉ

Pour la première fois, à Paris, sur le théâtre des Folies-Dramatiques
le 29 mars 1866

## PARIS

### LIBRAIRIE DE J. BARBRÉ, ÉDITEUR

12, BOULEVARD SAINT-MARTIN, 12

1866

Tous droits réservés

# PERSONNAGES

---


LEBARON...................................... M. Louis Dépy.

MODESTE..................................... M<sup>lle</sup> C. Larcher.

UNE DAME............... ............... M. Bouvard.

UN MONSIEUR...................... M. A. Mailleur.

# L'AVENUE DES SOUPIRS

---



Le théâtre représente un carrefour dans le bois de Vincennes. —
A gauche, un petit banc.

---

## SCÈNE PREMIÈRE

LEBARON, *seul, se promenant au fond.*

Aɪʀ de *Joconde.*

Quand on attend sa belle,
Que l'attente est cruelle!
Aussi qu'il sera doux,
L'instant du rendez-vous !

> (*Il descend en scène.*)

De Joconde
Chacun sait dans le monde
Ce couplet roçoco,
Sur l'air de Nicolo.

(*Reprenant l'air.*)

Quand on attend sa belle,
Que l'attente est cruelle!
Aussi qu'il sera doux,
L'instant du rendez-vous !

(*Au public.*)

Eh bien, non, mille fois non, il ne sera pas doux l'instant
du rendez-vous. J'en ai par-dessus les épaules de votre Rosalinde... Mais que voulez-vous ? en attendant mieux.... Ah!
moi, il me faut toujours une bonne amie ; cela tient à ma nature affectueuse... j'ai besoin d'un cœur, dont le tic-tac corresponde au tic-tac de mon cœur ; j'ai besoin d'une âme qui
corresponde avec mon âme. (*Il tire sa montre.*) Le rendez-vous
était pour midi trente-cinq, et il est six heures moins le quart...
il est évident que je pose!... Vous me direz que toutes les

pendules ne vont pas de même ; mais ces différences existent entre deux horloges de deux pays éloignés... Si Rosalinde demeurait à Champerret, près Asnières, je me dirais : elle a mis sa montre à l'heure de la mairie de Champerret, la mienne va comme le cadran du nègre de la porte Saint-Denis ; faisons la part des latitudes... mais ce n'est pas le cas... Mon Dieu, que le temps semble long quand on attend !... Mais, mon bonhomme, me dira tout être sensé, puisque cette femme, que tu attends, met à venir un retard, que j'oserai qualifier d'indécent, pourquoi restes-tu plus longtemps ?... Faiblesse ! répondrai-je simplement ; elle serait venue à l'heure, je l'eusse reçue comme mon propriétaire le jour du terme... Elle ne vient pas, je la désire... Ah ! cœur humain ! quel savant praticien pourra jamais analyser tes fibres secrètes !... Va, lance-toi dans la philosophie qui console et soutient. (*Il allume sa pipe.*) Tu poses comme un jobard !... (*Changeant de voix.*) « Anne, ma sœur Anne, ne vois-tu rien venir ?... (*Changeant de voix.*) « Je ne vois que des militaires qui se rendent au fort de Vincennes, des gandins et des cocottes qui reviennent de la Porte-Jaune ; mais de Rosalinde, pas plus que dans mon orbite, comme on dit dans les faubourgs Saint-Germain... et Saint-Marceau... » Oh ! je rage ! oui, je rage ! Je suis las de cette femme-là, elle m'ennuie... elle m'embête. C'est ce qu'on appelle un crampon, un vrai crampon ! mais elle n'est pas exacte au rendez-vous, et cela m'excite, cela m'horripile... même j'avouerai que cela... m'horripile !

Air de *la Niaise de Saint-Flour*.

C'est horrible, c'est atroce,
De poser longtemps ainsi ;
Je puis devenir féroce
Si je ne m'en vais d'ici.

O toi, que le diable emporte !
Viendras-tu pas à la fin ?
En t'attendant de la sorte,
Je meurs de fatigue et de faim.

REPRISE.

C'est horrible, etc.

Frais inutiles de poésie et de mélodie !... cette femme n'aime pas les beaux-arts ! Mais j'aperçois, qui s'avance dans le petit sentier, une tournure qui n'appartient pas à mon

sexe : enfin !.... Non, ce n'est pas elle... Promenons-nous sans
nous éloigner ; un homme qui pose doit avoir l'air si penaud !
(*Il s'éloigne en fredonnant :* Quand on attend sa belle.)

## SCÈNE II

### MODESTE.

C'est bien ici l'avenue des Soupirs... je suis en avance. Je
sais bien que les rôles sont renversés, que c'était Vermoulu à
arriver le premier... mais en le devançant j'agis avec une di-
plomatie des plus machiavéliques... je lui soutiendrai, mor-
dicus! que le rendez-vous était pour sept heures du matin, et
non pour sept heures du soir ; que, depuis ce temps, je suis
là, sur mes jambes, sans manger ni boire, et j'aurai un pré-
texte pour lui adresser quelques tendres reproches suivis de
voies de fait, telles que giboulée de coups de poing, déluge de
coups de pied n'importe où, poche-œil, arrachement de che-
veux.... J'aurai mes nerfs, quoi, j'aurai mes nerfs! Monsieur
osera trouver mauvais que je lui inflige des corrections qui le
défigurent ; je trouverai, moi, son observation outrecuidante,
et je romprai, car cette sujétion commence à me peser
ferme.... et puis... j'ai un pressentiment. Que dis-je, un pressentiment? un désir! Que dis-je, un désir? une conviction!
oui, c'est cela, une conviction! j'ai la conviction que, comme
dans le rêve que je fis le jour où ce monstre de Vermoulu
m'entraîna en cabinet particulier, dans des intentions qu'il
déclarait pures, mais qui eussent singulièrement changé de
caractère, si ma vertu... Dame, on est bonne fille, on est à la
bonne franquette, on plaisante volontiers, mais c'est tout....
Oui, dis-je, j'ai la conviction que je retrouverai ce bel inconnu
que je vis chez le père Latuile, le jour où ma tante Rigaultan
convola en quatrièmes noces... je l'ai déjà retrouvé dans un
songe. Oh! ce jeune homme, il était beau, mais beau!... spirituel, mais spirituel!... et distingué!... tranchons le mot : un
gentilhomme! Oui, ce gentilhomme doit s'éprendre de moi.
Oh! le gentleman du rêve! qu'il était beau le gentleman du
rêve !

AIR : *Quand je quittai ma Normandie.*

Oui, lorsque je fus endormie,
Je vis, dans un songe charmant,
Apparaître, oh! j'en fus ravie,
Un Adonis bien séduisant.

> Soudain, pour lui, je le confesse,
> Je ressentis de la tendresse ;
> Lui, bientôt me parla d'amour
> Et m'emmena pour faire... un tour !

Aussi mon parti est formellement arrêté, et tout à l'heure, ici même.... Quel poids de moins sur l'estomac.

Air de la Niaise de Saint-Flour.

> C'est horrible, c'est atroce,
> Pourquoi rester avec lui ?
> Ou j'en deviendrai féroce,
> Ou j'en périrai d'ennui.

> Le supporter davantage
> Serait, je le reconnais,
> Au-dessus de mon courage ;
> Je ne le pourrai jamais.

REPRISE.

C'est horrible, etc.

(Lebaron reprend ce refrain dans la coulisse, le chante en même<br>temps que Modeste, et entre sur la fin de l'air.)

# SCÈNE III

LEBARON, MODESTE.

MODESTE, à part.

Serait-ce lui ?... Comme il ressemble au prince charmant de chez le père Latuile ! (Haut.) Est-ce vous ?

LEBARON.

A qui ai-je l'honneur de parler ? Ce nez retroussé ne m'est pas inconnu.

MODESTE.

Je vous dis que c'est vous. (Elle le retourne en tous sens, et, dans son examen, lui fait faire une pirouette.) Oh ! oui, c'est bien vous ! (A part.) C'est lui, c'est l'homme de mon rêve adorable. (Haut.) Votre nom ?

LEBARON.

Mon nom ? Pourquoi ?

MODESTE.

Votre nom, vous dis-je ?

LEBARON.

C'est différent... je m'appelle Lebaron...

MODESTE.

N'achevez pas, c'est bien vous! (*A part.*) Un baron comme dans le songe.

LEBARON, *à part.*

Charenton n'est pas démesurément loin d'ici, et on peut s'en échapper.

MODESTE.

Je vous demande pardon, monsieur... Vous devez, je le comprends, me trouver quelque peu singulière.

LEBARON.

Je ne vous dissimulerai pas que ces questions... cette pirouette...

MODESTE.

Vous blessent?...

LEBARON.

Nullement, madame... me flattent, mais me surprennent... C'est le manque d'habitude, vous savez, tout dépend de l'habitude.

MODESTE, *à part.*

Spirituel, c'est bien lui!

LEBARON.

Vous semblez, comme moi, attendre dans ce carrefour une personne qui s'empresse de ne pas venir. (*Lui montrant un banc de gazon.*) Vous plaît-il vous seoir mollement sur ce canapé fourni par la nature?

MODESTE, *en s'asseyant.*

Si j'osais...

LEBARON.

En ce monde, il faut oser oser.

MODESTE.

Il y a place pour deux. (*Le banc est si petit qu'il n'y a réellement place que pour une personne.*)

LEBARON.

Oui, en se rapprochant un peu... (*S'asseyant un peu.*) Vous plaît-il vous rapprocher beaucoup?

MODESTE.

S'il me plaît!... (*Ils se tiennent l'un à l'autre pour ne pas tomber. — Jeux de scène.*)

LEBARON.

Je vous écoute !

MODESTE.

Comment, vous m'écoutez !

LEBARON.

Je ne suis pas curieux, mais je désire savoir avec quelle enchanteresse le hasard me réunit dans ce site pittoresque ?

MODESTE.

Parlez-vous sérieusement quand vous dites enchanteresse ?

LEBARON.

Au carnaval, je déguise parfois cette tournure pleine de noblesse dont m'ont gratifié les auteurs de mes jours, mais jamais je ne déguise ma pensée.

MODESTE.

Alors, ouvrez vos tubes auditifs... mais rapprochez-vous donc, jeune homme.

LEBARON, *à part.*

Ce rapprochez-vous serait-il un aveu ?

MODESTE.

J'appartiens à une famille distinguée.

LEBARON.

Cela se voit.

MODESTE.

Et cela doit vous suffire... en deux mots comme en cent, je m'appelle Modeste (*étonnement de Lebaron*), je suis fleuriste, et je gagne mes trente-sept sous par jour dans une maison de la rue Sainte-Appoline... qui a une spécialité...

LEBARON.

Laquelle ?

MODESTE.

Celle... celle des boutons de roses !... A votre tour, parlez... Mais rapprochez-vous donc, vous allez vous laisser cheoir.

LEBARON, *à part.*

Mais à moins de... (*Haut.*) Moi, ma petite Modeste, je m'appelle Édouard, Eugène, Christophe, Casimir, Georges, Julien, Armand, Jules, Philibert, Michel, Achille, Gustave, Lucien, Anastase, Amédée, Caligula et Aristophane, de mon nom, ou plutôt de mes noms de baptême.

MODESTE, *se levant.*

Que de prénoms !

LEBARON, *se levant aussi.*

J'en ai autant que de chemises.

MODESTE.

Monsieur a du linge !

LEBARON.

Quant au nom que m'ont légué mes ancêtres, tous rempailleurs de chaises de père en fils et de mère en fille, c'est Lebaron...

MODESTE.

En un seul mot?

LEBARON.

Si j'avais autant de noms patronymiques que de noms de baptême, avouez que ça encombrerait mes cartes de visite.

MODESTE, *à part.*

Il n'est pas baron! Mais, bah! je puis frayer avec lui.

LEBARON.

Comme position sociale, je n'ai pas choisi celle qu'a illustrée ma race; je suis placier pour les boucles de jarretières; je représente la maison Cébastienne et compagnie... Maintenant que nous nous connaissons, voulez-vous me permettre de vous embrasser?

MODESTE.

Parbleu!

LEBARON.

Bon petit cœur. (*Il l'embrasse.*) Celle que j'attends ne vient pas... elle est en retard d'une journée... le quart d'heure de grâce est donc passé, et je puis sans impolitesse.... D'ailleurs, c'est un crampon, qui ne cesse de me dire : « Alors pour qui me prenais-tu? Pour agir avec moi comme avec une créature, il ne fallait pas me faire manquer à mes devoirs.... Je suis une honnête femme, moi! » (*Modeste hoche la tête en signe d'incrédulité.*) Vous comprenez, j'ai une peur horrible qu'un beau jour le mari ne me tombe dessus... la loi ne saurait le garantir contre les accidents, mais elle le protége... après !

MODESTE.

Comme j'ai raison, moi, de ne pas écouter les balivernes d'un Ostrogoth pourvu d'une épouse... quelle épouse! une vieille harpie qui me cherche pour m'arracher les yeux!

LEBARON.

Ce serait dommage.

MODESTE, *l'embrassant brusquement.*

N'est-ce pas? (*Elle l'embrasse encore une fois.*)

LEBARON.

Vous êtes ravissante... (*Il l'embrasse brusquement.*) Je n'y avais pas pris garde tout d'abord... (*Il l'embrasse encore une fois.*) Mais puisque mes intentions sont honnêtes, car elles sont honnêtes... mon but est de vous traîner le plus tôt possible, dès que les formalités légales seront remplies, devant l'adjoint d'une mairie... quelconque! Voulez-vous me permettre de vous avouer...

MODESTE.

Avouez.

LEBARON.

Je palpite pour vous, je vous aime, quoi!

MODESTE.

Et moi donc! Vous lui ressemblez tant! (*Elle l'embrasse.*)

LEBARON, *dramatiquement.*

A qui donc, madame?

MODESTE, *id.*

A l'Adonis de mon rêve!

LEBARON, *id.*

C'est différent. (*Il l'embrasse.*)

MODESTE, *id.*

Vous ressemblez aussi au jeune homme de chez le père Latuile.

LEBARON, *id.*

Alors vous êtes celle qui fit sur moi tant d'impression?

MODESTE, *id.*

Vraiment?

LEBARON.

Je restai pendant longtemps dans une mélancolie telle, que je ne prenais plus que sept repas par jour!

MODESTE.

Quelques semaines encore, et vous mouriez de faim!...

LEBARON.

Bonjour aux deux caricatures que nous attendions.

LEBARON.

Air : *Ma bonne eau claire.* (Chanson de Fortunio.)

Merci, merci, vieille tigresse,<br>
D'avoir manqué ton rendez-vous ;<br>
J'ai trouvé, pour moi, quelle ivresse !<br>
A ta place un ange aux yeux doux !<br>
Désormais,<br>
Je veux vivre pour elle !<br>
Lui rester fidèle<br>
Pour jamais !<br>
Jurons ! jurons ! ô mes amours !<br>
Jurons de nous aimer toujours !<br>
Que notre ivresse<br>
Jamais ne cesse ;<br>
Jurons de nous aimer toujours !

REPRISE ENSEMBLE.

Jurons, etc.

MODESTE.

A mon tour !

(*Même air.*)

Adieu, hibou, vieille carcasse,<br>
Je renonce à toi pour toujours !<br>
D'être amoureux grand bien te fasse,<br>
Moi, je veux de jeunes amours.

*A Lebaron.*)

Désormais,<br>
A toi toute ma flamme,<br>
A toi seul mon âme<br>
Pour jamais !

REPRISE ENSEMBLE.

Jurons, etc.

(*Ils sortent en dansant sur le refrain.*)

Jurons, jurons, etc.

## SCÈNE IV

### UNE DAME, UN MONSIEUR.

###### LA DAME.

C'est bien ici l'avenue des Soupirs. Que Lebaron doit s'im-
patienter !

###### LE MONSIEUR, *entrant.*

Avenue des Soupirs, j'y suis; je ne vois pas Modeste. (*L'un
regarde à gauche, l'autre à droite; ils se heurtent dos à dos, et
se retournant brusquement, ils se trouvent face à face.*)

###### LA DAME.

Monsieur Vermoulu, mon mari, quel scandale !

###### LE MONSIEUR.

Rosalinde, mon épouse, quelle tuile !!...

(*La dame tombe sur le banc de gazon, dans des attaques de
nerfs; son mari lui frappe dans les mains pour la faire reve-
nir à elle; pendant ce temps, Lebaron et Modeste reparaissent
au fond, en reprenant le refrain : Jurons, jurons, etc. — Le
rideau tombe.*)

FIN

Paris. — Typ. Morris et Comp., 64, rue Amelot.

# A LA MÊME LIBRAIRIE

## NOUVELLE GALERIE DES ARTISTES VIVANTS
### Peints et gravés sur acier par Ch. Geoffroy

Chaque portrait est accompagné d'une Notice biographique et se vend 50 cent.
82 Livraisons sont en vente.

### FORMAT GRAND IN-18 ANGLAIS


LES MARIAGES D'AMOUR, comédie en trois actes, par DUBREUIL .......... 2 »
LE TESTAMENT DE CÉSAR GIRODOT, com. en trois actes. 1 50
UN PÈRE PRODIGUE, com. en 5 actes, par A. DUMAS fils. 2 »
UNE FILLE DE VOLTAIRE, com. en un acte .......... 1 »
LE FILS NATUREL, cinq actes, par ALEX. DUMAS fils .... 2 »
LA QUESTION D'ARGENT, cinq actes, par ALEX. DUMAS fils. 2 »
LES TROIS MAUPIN, cinq actes, par SCRIBE .......... 2 »
L'ORESTIE, tragédie, trois actes, par ALEX. DUMAS ...... 2 »
ROMULUS, com. un acte, par ALEX. DUMAS .......... 2 »
AU PRINTEMPS, un acte, par LALUYE .......... 1 50
FRANÇOIS LE CHAMPI., trois actes, par GEORGE SAND ... 1 50
UN MARIAGE DANS UN CHAPEAU, un acte .......... 1 »
LE TASSE A SORRENTE, trois actes .......... 1 50
MAM'SELLE PÉNÉLOPE, opéra-comique en un acte ...... 1 »
LE BONHEUR CHEZ SOI, un acte .......... 1 »
MAUPRAT, cinq actes, GEORGE SAND .......... 1 50
LA COMÉDIE A FERNEY, un acte .......... 1 »
LE DOUTE ET LA CROYANCE .......... 1 »
L'IMAGIER DE HAARLEM, cinq actes .......... 1 50
FLAMINIO, cinq actes, GEORGE SAND .......... 1 50
CLAUDIE, trois actes, GEORGE SAND .......... 1 50
BROSKOVANO, deux actes, par SCRIBE et BOISSEAUX ...... 1 »
LA SAINT-HUBERT, un acte .......... 1 »
LE CORDONNIER DE CRÉCY .......... 1 »

## MAGASIN THÉATRAL

LA JEUNESSE DES MOUSQUETAIRES .......... 2 »
LES MÉMOIRES DU DIABLE .......... 1 »
LA FILLE DU RÉGIMENT .......... 1 »
LES DEMOISELLES DE SAINT-CYR .......... 1 »
LES TURLUTAINES DE FRANÇOISE .......... » 60
UNE GIROFLÉE A CINQ FEUILLES .......... » 60
LES TROIS CERFS-VOLANTS .......... » 60
UN BRELAN DE TURCOS .......... » 60
UNE AVENTURE SOUS LOUIS XV .......... » 60
ARSÈNE ET CAMILLE .......... » 60
RECETTE POUR MARIER SES FILLES .......... » 60
LE MARIN DE CHERBOURG .......... » 60



Paris. — Typ. Morris et Comp., rue Amelot, 64.

www.ingramcontent.com/pod-product-compliance
Lightning Source LLC
LaVergne TN
LVHW021732030726
842523LV00004B/1380